JN091278

風は笑って

市野みち詩集

土曜美術社出版販売

詩集　風は笑って＊目次

詩集　風は笑って

I

小さな魔法使い

幼い頃
自分は魔法使いなのではと
思っていたことがあった

新しい制服を着た
小さな小さな一年生
吊り紐のヒダスカートはブカブカ
体が服の中で泳いでいた

休み時間は皆でゴム飛び
私の番だ！
思いっきり走って
出来るだけ高く飛び上がった
その瞬間《とき》
ヒダスカートが大きく丸く広がって
宙に浮いた

確かにフワリと空を飛んだ
空を飛べる私は
魔法使いなのだと思った

いつの間にか消えていた
小さな秘密

故郷は山々

初夏
まばゆい緑の山道
幼いカッコウの声が山々にこだまする

クマ笹の茂みを渡ってくる風は
子供の私にやさしくささやきかける
　おーおー元気だこと——
何の疑いもせず恐れもせず
楽しく風と会話しながら歩いていた

時にスキップしたり歌ったり
何故あんなに生きている事が楽しかったのだろう
無邪気だったあの頃

高い山々から吹く風が大きな手で
私を包み込んでくれていたのだろうか

はるか遠くに吾妻連峰
前方に安達太良山
振り返ると磐梯山

少し淋しい時でも
ひんやりと澄んだ空気が
私に元気を吹きかけてくれた

山々に見守られて過ごした
幼い日々のやさしい想い出

いつか見た空

夕焼け色の雲が棚引く
立ち止まりしばしながめる
遠くで夕陽がのぞいている
いつかどこかで出合っていたね
この色　この風　この温もり
なつかしさに胸が震えた

どこまでも
すい込まれそうな青空

雲一つない
高らかに笑っている
見守られているちっぽけな私
ぬくぬくと心地良いなつかしさ
前にも出合っていたね
勇気をもらった

すずめとからすと

すっかり稲刈りが終わって
磐梯おろしが膚を刺す朝
けたたましく鳴くすずめの声に驚いた

急いで外に出て見る
からすの太い嘴に
捕まったすずめが暴れている
向かいの家の庭石に
何度も何度も叩きつけられて

「コラ！　止めなさい」
空しく何の効果もない私の声
電柱の一番高い所に
すずめが二羽

捕まったのは父か母か兄弟か
ぐったりして声も聞こえなくなった
童謡「七つの子」は
子供の頃から好きだった
からすにもお腹をすかせた子供達が
森の中で待っているのかも知れない

それぞれが

一生懸命生きて
一生懸命　子育てをしているんだね

あれから
何度もからすやすずめに会ったけれど
あの日の光景が蘇って来てしまう
三年以上経った今も

磐梯山は
どっしりそこに居て
今日も全てを見ている

ご馳走

「おいしいか？」
ニコニコしながら優しく伯父が聞いた
十一歳の私はただ大きく頷いた
心の中では「すごくおいしいよ」と
言っていたけれど
声にはならなかった

さっき見たフワフワの毛が
頭から離れない

風に吹かれて玄関前にとんで来た
少し大きなたんぽぽの綿毛のような

裏の小屋をのぞくと
あたりに沢山の白い毛が
丸く固まって風に揺れていた
あー
あそこから飛んで来たんだ
私は気付いた
赤い目の鼻をピクピクさせていた
愛らしいウサギが一羽足りない

そういう事だ

涙がこぼれないように
黙って一所懸命食べた
お肉と野菜が沢山入った美味しいお汁《つゆ》
「ご馳走様でした」
「気をつけて帰るんだよ」
伯父と伯母が
門まで見送ってくれた

坂を下りて独りになると
自然と足早になって　走り出していた
涙があふれる
拭いても拭いてもあふれ出る

とうとう
声を出して泣きながら
夕焼け色になり始めた山道を
家まで走って帰った

それからしばらく
大好きな伯父さんの家には
行かなかった

矢車草

やっとその日が来た
一年がかりで貯めた
十円玉三つと五円玉一つ
しっかりポケットの上から押さえて
角の小さなお花屋さんに走った

「お花ください」
指さしたのは矢車草
「ありがとうございます」

幼稚園児が抱えきれない程の大きな花束
こんなにいっぱい
頑張って家まで運んだ
ドッコイショ
「お母さん　ありがとう」
ゲラゲラ笑い出す母
「カーネーションと間違えたのね」
そんな母だった

後のことは良く覚えていない

猫が居た頃

我家に猫がいた頃
私はもっと笑っていた
優しい気持ちでもいられた

傍に寄ってきて
甘えたりはしない猫だったが
少し離れた所から黙って私を見ていた
気付くと
ソファの角から顔半分

片目で此方をじっと見ていたり

家の中に
モフモフとした暖かい生物《いきもの》がいると
心が穏やかになった
体調も今よりずっと良かった

小さな野良猫だった彼は
静かに空気のように
我が家に溶け込み
いつの間にか
二十年以上一緒に暮らした

亡くなる前日は

猫も私も
今日が最後の日になることを察していた
呼びかけると
此方を向くが
良く見えない眼で
私の後ろのずーっと遠くを
いつまでも見ていた
その姿が忘れられない

朝方
ゆっくり起き上がって水を飲み
そのまま横たわって逝ってしまった

今でも家のどこかで私を見ているような

つかの間の春

いつも通る道
大きな古木が三本
夏　秋　冬
何げなく通り過ぎていた
春　目のさめる様な景色に出合う
伸びるだけ伸びた枝の先まで
いっせいに花盛り
ありふれた道が
幻かと思うほど

桜色の世界に迷い込む
風もないのに
はらりはらりと花びらが

嬉しそうにさえずる小鳥達
仲間とのおしゃべりも最高潮
何もかも春の仕業か

あと何日
この春に酔いしれていられるだろう
一週間もしない内に
道は桜色
最後の夢を惜しみながら
そっとそっと花びらの上を歩く

Ⅱ

天道虫

十二月半ばの暖《おだ》やかな午後
私の腕に天道虫が一ぴき止まった

こんな時期に?
仲間達はもういないよ

庭のアブチロンの葉を一枚採って
その上に移した
七星天道虫だった

一週間程経って
また　天道虫が家に入ってきた
さっき抜いだカーディガンの上で
じっとしている

そのまま一晩
朝にはもう動かない
七つの星を背中に乗せて
愛らしい姿で逝った

人間好きな天道虫なんて居るのかな?

また会いたいね

あれっ？
お隣の玄関先に
白黒の猫が寝そべっている
時々近所で見かける子だね
多分　地域猫
近所の皆に可愛がられている
「こんにちは」
声をかけてみる

手先を舐めていた仕草を
ちょっとだけ止めて
また　舐め続けている

仲良くなりたい
でも懐いたらどうしよう
飼ってあげられない

都合の良い時だけ
遊んでもらう訳にもいかない
静かに戸を閉めた

部屋の片付けを終えて
そっと障子を開けて見る

居ない――
ほっとしたが少し寂しい
また　来るだろうか

カマキリ

晩秋のある朝
玄関を開けると
大きなカマキリが一ぴき
此方を見上げていた

どうしたの？　今頃
もうすぐ冬だよ
いつもの冬より少し暖かいけれど

三角顔の首をかしげて
じぃーと私を見上げている
その丸い目に
私はどんな風に見えているのか
おっ！　カマを挙げた
全然　恐くないよ
細いウエストを持って
千両の茂みの中へ　ポイッ！
もそもそ潜って行ったカマキリくん

あれから
姿を見ていない

馬

馬は命尽きるその時まで
生きることを思っているという
だからか
迷いのない澄んだ瞳をしている
一心に走り続けることだけを思って

私はきっと
未練たらたら
逝くのだろう

まだまだやりたい事があったのに
聞きたい
見たい
知りたい
後悔したり反省したり
馬のように
潔くはいかないだろう

死に方は生き方

たてがみをひるがえし
西の空に
かけ昇って行く馬の姿が
一筋の光になって見えた

雨

小さな雨つぶ
ぽつ　ぽつ　ぽつ　ぽつ
落ちてきた

やがて
ジィーと小さな音立てて
細い糸が降ってきた
庭木も小さくうなずいて
嬉しそう

とうとう
大きな音立てて
ザァーザァー　豪快に降り出した
雨音以外　聞こえない
こんな日があっても良い
枯れかけたあじさいの葉も生き返る

椿

明るい陽ざしの中
乙女椿が咲いた

春を待って
春を感じて
今だと言わんばかりに
ピンクの花が一気に咲いた

待っていたよ

この時を
去年は花の数が寂しかったけれど
今年は例年通り咲いてくれた

春に椿の花が咲く
あたり前が嬉しい
いつも通りがいとおしい

手を合わせたい気持ちにさえなる
年を重ねると
こんな気持ちが湧いてくるんだね

カーテンを開けて
いつまでも

ながめていた

平和
そして静寂
三月五日　日曜日

泣き声

電車に乗っていると
ごく稀に　泣き声が聴こえる
幼児の泣き声のような高い声で
エーン　エーン

鉄と鉄の触れ合いで
どうして
あんなに可愛らしい泣き声になるのだろう

私もそんな風に泣きたい時があるよ
人目もはばからずにね
周りの目があるからと
自分に言い聞かせて
我慢している

毎日
一分一秒の遅れもないよう
ひたすら走り続けるのも
大変よねぇー
ご苦労様

枯葉と種子《たね》

林の中の小さな窪み
敷き詰められた枯葉の上に
一粒の丸い種子
小高い丘のお花畑から北風が運んできた

一面の枯葉に見守られ
風をよけてじっとしている
幸せそうな小さな種子

やがて
明るい春の温もりを感じ
重なった枯葉のすき間から空を見上げた
もう少しで
枯葉達とのお別れの時が

上手く転がって土に着地できるだろうか
風に乗れれば
遠くの野原まで飛べるかも知れない
心細い

夏　秋
丘の上でたくさんの仲間達と
ユラユラ揺れていた頃は楽しかった

ダリヤ　コスモス　日々草
みんな勢いっぱい花びらを広げて
蝶々や蜂　蜻蛉達とじゃれ合ったり

今ではバラバラになったけれど
行き着いた所でそれぞれ根をはり大きくなろう

新しい仲間が出来るかも知れない
今　その力を蓄えている
やさしい枯葉達に守られながら

＊　日々草の花言葉は、友情と楽しい想い出。

夕日

初冬にしては暖かかった日
西日の中
目を細めて歩いた
少し冷たい風が心地良い

行く手に大きな銀杏の木
黄金色の葉が揺れて
一層まぶしい

地面に広がる銀杏の葉も
輝きを失ってはいない

西日の中ひとり
秋の名残りを探した
足元の枯葉を蹴散らしてみた
おっと　危ないから止めよう

今年も一ヶ月を切った
この一年
私は何をしただろう

息子達は
ただ大人しく家に居れば良いという

年とった私だって
生き生きと生きていたい

太陽は
沈む寸前でも
こんなにまぶしく輝いている

Ⅲ

変身

新芽から成長した緑へ
秋には見事に変身し
未練も残さず　すっかり振り払う

人間はね
そんなに見事な変身は出来ない
緑から黄色や赤へ余すところなく変化する
自然は
過去を引きずったりこだわったりしない

変身した葉をさらりと落とし
次の新しい一歩を踏み出す

清々しいくり返し
感動している自分がここに居る
風が笑って通り過ぎた

一生

ラストシーンのないお芝居は
いつまでも続くのでしょうか
無意味に叫んだり　喚《わめ》きちらしたり
なにしろ幕が下りないのですから
それはそれはつらいことだと思います

いつかは消えていく
いつかは忘れ去られる
ほんの一欠片《かけら》の思い出が

誰かの心に残れば
それはそれで満足です

近頃　こんな事を考えるのも
それなりに充分生きて来たからかも
知れません
感謝の気持ちだけが丸い渦になって
心の中程で回っています

何者

物事に執着したり没頭したり出来ない
何事にも百パーセント夢中になったことがない

それが何故なのか　何故そうしてしまうのか
よく分からない
夢我夢中で我を忘れてしまったら
元には戻れないと思うからなのだろうか
ただの臆病者なのかも知れない

友人との楽しい外出でも
夕暮れ時になると
取りあえず
一旦　家に帰りたくなる

どうして
こんなつまらない人間なのだろう

人知れず生きて
人知れずおいとましたい思いが
密かに　しかし
確かに　根を落としている

花にも

大輪のバラのように存在感のあるもの
咲いたことさえ気付かれずに枯れていく
はかない花もある

ぼんやりと
町の景色が夕焼け色に染まっていく
ほんの少し
今日を残しておきたい思いに似ている

探しもの

真実はどこに
正義はどこに
探してきたが見つからない

蟻ん子が忙しそうに
足元を横切って行く
立ち止まって見ている私
この手に確かなものは何もない

若い頃
学ぶことが真理の探求だと教えられ
挑んでみたが
すぐに息切れし
探求とは容易でないことが
良く分かった

何が正しくて
何が間違いなのか
見つけられないまま
年を重ねて
世の中は
矛盾と矛盾の押しくらまんじゅう

十人には十の真実と正義が
百人には百の真実と正義があるとか

空がうっすらと橙色になってきた
蟻ん子は休むことなく
何かを探して
行ったり来たり

子育て

子を愛する
大切に思う
自由を認める
どれも親心の表れ

ほんの少しずつの違い
時が経つと
それぞれの個性が際立って
同じように愛情をかけてきたつもりが

少しずつ距離を広げる

親も子も暗中模索
お手本なんてないらしい
ああ言えばこう言う子供には敵わない
口論も日常
屁理屈も交じって
ああでもないこうでもないと言いながら
子供は大人になって
親は年老いて行く
人生ってそう長くはない

幼児《こども》

幼児《こども》は見ている
大人達の間で
下から見上げて
ちゃんと大人の声を聞き分けている

無邪気に笑っていても
自分の意志を通したいと思っている
大人は気づかない様子で
ひょいと抱きあげ

運ばれてしまう
　もっと公園にいたかったのに——

小さな子供達は
日々様々な出合いに興奮したり
思い通りにならない事にいらだち
暴れたり泣きわめいたり

時に自分の手足を
しげしげと見つめている

地面をトントンと踏んで何かを確かめ
遠い空を見上げ
風を感じ

あたたかい光を浴び
広い世界が広がっている事を感じる

その頃の天使達は
ケタケタ笑ったり
反《そ》り返って泣きわめいたり忙しい

そうして
大人達を振り回しながら
少しずつ大人になっていくのね

一粒の命

天から
ポトリと
一粒落ちてきた命

場所も選べず
親さえも

不自由とか
不平不満があっても

どうしようもなく
そこにしか
生きる場所を知らない

やがて
自分の立場が見えてくる
生き方は誰も教えてくれない

お師匠様が欲しい
小さなつぶやき

人生
迷ったり転んだり

また一粒
天から新しい命が落ちてきた

頑張って
力強く生きて
命の重さは
皆　同じらしいよ

こんなことしか言ってあげられない

モヤモヤ

この世の中に
常に漂っているモヤモヤ
どんなすき間にも入りこんで
人の心を不安にさせる

結局
私のモヤモヤは
生まれてから
ずーっと一緒
必要な決断を鈍らせ

私を迷わせ続けている
あの世に行ったその瞬間
何もかもがはっきりして
やっと
モヤモヤが無くなるのかも知れない

それでは遅い
もう少し
モヤモヤに近づいて
その正体を見極めてみよう

暑かった夏も
どうやら終わりが見えてきた

あした

しとしとと雨ふる
きのう　さみし
きょうもさみし
毎日　さみし

過ぎたことは忘れよう
明日《あした》一日のことだけ考えよう
明日は何する？
明日は晴れる？

何を食べようか
それだけで良い
明日はきっと来るから

風

紋白蝶を追いかけて
小石につまずいて転んだ
膝小僧がヒリヒリ痛い
誰も通らない山道
晴れわたった青空

耳元で風がささやく
大丈夫　大丈夫
頑張ろう

黙って頷いた幼い私
ゆっくり　立ちあがって
歩き始めた小さな影

横切る風の
さわやかな笑い声が聞こえた
ほらね！

雲と風

いつも一緒が
当たり前と思っている雲と風
特に話はしない

雲が静かに動くと
風がそっと近づいてくる
いつもの事だから
何も言わなくても分かるのさ
雲だけが自由に動いているように

見えるかも知れないけれど
あ・うんの呼吸って言うのかな

この頃
地球の状態が良くないね
珍しく颪が声をかけた
心配だ
このままではいけないいなぁ
雲が静かな声で答えた
人間達が
どうすれば良いか考えているだろう
あれこれと
うるさく言う者達だから

いつものように
流れて行く雲と風
さわやかな秋空

もしも

ウソをつくと
体中にビリビリと電流が走るチップを
全人類が埋め込んだとしたら
この世から
ウソは無くなるのだろうか

喧嘩や戦争も無くなって
平和な世の中になるのだろうか

たとえウソをつかなくても
人は何かしら争うだろう
平和に暮らすことも好きなはずなのに
当たり前だけれど自己主張もする

せめて殺し合いはやめようよ
そんなことも守れないなんて
恥ずかしいことだよ

とっくに
宇宙の神様にあきれられているに違いない

平和のためにつくウソは
有り？

あー　難しい
しょうもない事を考えている内に
また　一年が過ぎようとしている
一段と争い事が増えているこの世の中

夢か幻か

現実の風景なのか
夢の中だけだったのか
まだ確かめたことがない

どうして
何度も何度も
同じ景色が夢に出てくるのだろう
水芭蕉の白が輝いて
咲き乱れ

小川にかかる丸木橋が
緑の苔におおわれている

天上から
林をつき抜けて届く
幾本もの光が
水芭蕉の白とまわりの緑を
一層際立たせていた
やはり
現実のものではないのか

十二、三歳頃の記憶では
大体の位置は分かっていたつもりだけれど
足腰の弱った今では

確かめようもない
長い間
きつねに化かされているのだろうか

病院のベッド

この上を
どれ程の痛み　苦しみ
悲しみが通り過ぎて行ったことか
いそいそと
退院の荷物をまとめる喜びも沢山あった
「おめでとうございます」
看護師さんの明るい声も聞こえる
本当は冷たいベッド
様々な感情がしみ込んで

患者にとって
短くても長くても
入院中は自分の住処なのだと
思ってくれれば嬉しいよ

泣きながら
地下に移動することも
病院のベッドの宿命

あー
不安のため息でカーテンが揺れる
体調より看護師さんの明るい笑顔に
救われる日々

遠くの空がしらじらと
やがて
ビルの窓がはっきりと見えてきて
新しい物語が始まる

春の日に

三日休んで考えた
世の中に
私が必要とされていることなど何もない
念のため
もう一日休んで考えた
世の中は
実に生き生き回っている
私の踏み込む余地もない
何のために

今まで汲々と生きてきたのだろう
周りの人達に合わせて
ただ回っていただけ

ゆらゆらと風に揺れる桜の向こうに
どこまでも広がる
青空があった

Ⅳ

いたわり

美容室に行くと
シャンプーの前に
「お手洗いは大丈夫ですか?」
と聞かれる

病院の検査室で呼ばれると
「検査の前にお手洗いに行かれますか?」
と言われる
「大丈夫です」

大体はそう答えている
しかし大丈夫なのかどうか
自分でもあまり自信がない
今のところ
何とか間に合っている

もう少し経って
「大丈夫ですか？」と聞かれたら
「はい　ありがとう　行って来ます」
と答えよう
年寄りは
素直にいたわられた方が
生き易いはずだからね

桜

「今日見る桜が一番美しいと
　　桜を見るたび思う」
何年か前に書いたフレーズ
今もその気持ちに変わりはない
むしろ
その思いは強くなっている気がする
再び会えた喜びは年ごとに増し
桜に出合う一瞬が
掛け替えのない時間になっている

思えば危なっかしい私の人生も
一年　一年積み重ねてここまで辿り着いた
桜に囲まれる幸せな瞬間は
あと何回訪れるだろうか
贅沢は言うまい
あと……　出来れば五回？

青空をバックに
寄り添って揺れる桜達に出合えれば
この世の美しさを堪能して
往ける気がしている

雨の中でも

コロナよ　さようなら
桜の季節よ　こんにちは
なんて喜べないのが現実

コロナは減ったけれど
居直っている奴がまだ居る
桜の開花に浮かれていたら
冷たい風がぐずぐずと

不幸　不運と思っていても
合間をぬって
楽しい事を見つけよう

傘をさしてのお花見もあるし
落ち込むことはない
冷たい雨の中でも
しっかり美しく咲いている桜の姿
感動している私

自然の見事さに気づいて
先の見えない明日も頑張ろうと
思わせてくれる桜の力強さ
出かけてきて良かった

四月の月

四月末の満月
なまぬるい夜風
ポタポタと美味しそうな
オレンジ色の大きな月

ぼやけた夜空に
風情があるかと言えば
そうでもない
ただ久し振りに出会った幼なじみのような

嬉しい胸さわぎに
心和む

何故だろう
こんなに癒やされて
こんなに懐かしくて
いつの間にか
涙がこぼれていた

最近ゆっくりと
夜空を見上げるゆとりもなく
生きてきたのか

思えば十数年程前

急性大動脈解離とやらになって
十三時間半もの手術を受け
一週間後にやっと意識を取り戻し
周囲の人達に驚かれ
こりずに
二度の脳梗塞
左肩骨折
右手首骨折
まぁいろいろあったけれど
まだ連綿と生き延びている

ここ一、二年は
新型コロナウイルスの数値に
一喜一憂――

命の危うさにおびえ
不安定な精神状態の日々

何もかも
空の上から見ていたでしょう?
お昼間だって
目立たない姿で
見守ってくれていたものね

今夜はとても慰められた
今にも落っこちてきそうな
オレンジ色の大きな月

聞いた話だけれど

アメリカでは
四月の満月を
「ピンク・ムーン」って言うんですって

五月の風

崖の上に立つと
飛び降りたい衝動にかられる
湖の畔に近づくと
深い青の中に吸い込まれそうになる
奥深い森に足を踏み入れると
体中が緑に染まりそうになる

私は誘われているのでしょうか
自然の手に招かれて

すぐ近くにある自然が
教えてくれているのかも知れない
いつかは自然に帰るということを

今日は体中痛いところがなく
朝から穏やかな気持ちです

今年の桜はすでに終わり
新緑が
五月の風に眩しく揺れています

昨今

世の中は刻々と変わる
新しいものに慣れるのが苦手な私は
ただオロオロ

この度の新型コロナウイルス流行などは
思ってもみないことで
どうして良いか分からない
家の中でただオロオロ

新しい働き方とかも

ついて行けない

皆　口々に言う
がんばろう
もうしばらくがんばろう
言ってみても心がついて来ない

命の危うさが空しい

街に出ればマスクの波
不気味といえば不気味

想像も出来なかった事が
次々と起きる世の中

教えて

どうにもしっくりしない人生です
たまに　ほんのたまーに
人生なんてこんなものかと
思える時があります
しかし
それは本当にたまなことです

どこか間違っている
問い質《ただ》す事もせず
通り過ぎてきてしまったのです

どこまで逆のぼれば良いのか
限りなく逆のぼらなければ
問題は解決しないような気がしています

人はこの世に生まれ落ちた時から
心の片すみに
違和感を覚えつつ
年齢を重ねているのかも知れません

人間とは
余計なことを考えてしまう動物なのですね
これって
私だけのことなのでしょうか

晩秋に

八十歳を目前に
いつまでも
生きていられる訳ではないと
しみじみ感じるようになった
新型コロナウイルスのせいでもあり
秋の仕業なのかも知れない

今の内に言っておかなければならない事
言わないままの方が良い事

良く考えておかなければ
そんな事が出来るのも
今の内

それ程
余裕はないのかも知れない
気がついて良かった

黄色く色づいた銀杏並木が
すっかり落ちてしまうまで位の
余裕はあるだろう

それから先は
運が良ければ

また　黄金色の並木道に出合える
今年の見頃はそろそろ終わり

これからも

ない！
ここにもない
さっき見たのに
探し物のない日が
ほとんどないこの頃
ジグソーパズルのあちこちから
パーツが抜けて行くように
真白な部分が増えて行く
自分が自分でなくなるようで怖い

恐怖の足音が近づいてくる
走って逃げたいのに
足も衰えて言う事を聞かない

昨晩
外灯の下で見たカブト虫
懸命にもがいて起きあがろうとしていた
立派な角が邪魔をしているのか
あっ　飛んだ！
飛べるのは良いねー
こんもりとした森の方へ消えた

私は
これからも地べたを這いつくばって

生きて行くよ
探し物をしながら

願い

十数年前
入院した時の患者仲間の一人と
喫茶店で待ち合わせていた

いつもの明るい笑顔で車椅子の彼女登場

手術室から婦長さんが
切断した足を
両手でさっとかかえ部屋を出て行った時

あっ！　それは私の足
声にはならなかったが
心の中で叫んだという

しみじみ彼女は言った
死んで火葬される時には
私の足も一緒に焼いてほしいわ

ただ静かに頷いた私
確かにその足は
彼女と一緒にこの世に生まれて来た
あの世では
不自由なく自分の足で歩きたいのだという

すっかり冷たくなったコーヒーを
二人は黙って飲んだ

またねー
明るく手を振って別れた

感謝

クリスマスのリースを玄関ドアからはずす
お正月用のお飾りに換える
庭から千両を数本切ってきて
買ってきた松と菊を一緒に生ける*
我が家の玄関にお正月がやって来る

今年は
例年通りにはいかなそうだ
なにしろ十月に

千両の実が真赤になり
とても二ヶ月先の
お正月まで持ちそうにない

秋らしい陽ざしもなく
いつまでも夏日を引きずっている十一月
これが温暖化の結末？
いやいやまだまだ
恐ろしいことが起こりそう
当たり前と思っていた日常が崩れて行く
山の動物も食べ物を求めて
人里にやって来たり
何もかもが狂ってきた
皆　分かっている

悪いのは人類なのだ
それでも
今日一日生かされている事に
感謝しなくては

＊　毎日気にして庭の千両を見ていたら、ギリギリお正月に間に合った。

戻らなければ

このままではまずい！
はるか下のベッドに
横たわっている物体は
確かに私だ

自分の意志では指一本動かない
頭はすっきりと整理されている
あの横たわる物体に
戻らなければ死んでしまう

それから一週間
昏々と眠り続け
複雑で面倒な体内に戻り納まっていた

あのまま
自由にフワフワしていたら
戻れなくなっていただろう

これで良かったのか
きっと　良かったのだ

死とは
恐ろしいことではないと覚った

喪服

夜中に目が覚めた
何故か
さっきまで見ていた夢には
亡くなったはずの人ばかり

急に喪服が気になる
手持ちの数着はすぐ着られるだろうか
モソモソ起き出して
一着ずつ試着

これはちょっときつい
これは何とか着られる

これからは
喪服を着る場面が増えるだろう
思いついた時に
試着しておいて良かった

何もこんな夜中に
自分でも思う

行きたいところにも行けなくなった今

真夜中に
黒いファッションショーを終えて
ほっとしたからか
朝までぐっすり寝られた

一歩一歩
心も体も片付いて行く

歩いて行こう

歩いて来た
ひたすらに
周りの雑音は気にしないで
この先に居場所があると信じて

中年以降になると
「生き急いでいるみたい」と
知人に言われた
確かに死に損なったこともあった

まだ自分の居場所にはたどり着かない

ふと顔を上げると
この先は行き止まり
左側に
通行禁止の古い看板がある
その右端に
草の生い茂った細い道
消え入りそうな頼りないその道を
進むしかない

何を求めて
ひたすら歩いて来たのだろう
自分でも分からなくなった

澄み切った青空を見上げていると
何故か可笑しさがこみ上げて来た
理由《わけ》が分からなくても
人はこんなにも笑える

これからは
一歩一歩ゆっくりと踏みしめて
細道を歩いて行こう
まだ何か待っているかも知れない

あとがき

生きている
今日も生きている
息を吸ったり吐いたり
言葉を吐き出しながら
読んだ方には
受け止めてもらえるだろうか
何かを感じ取って頂けるだろうか

贅沢は言うまい
さらりとでも目を通して頂ければ
心から嬉しく思う
何とぞよろしく

全面的に面倒を見て下さった
土曜美術社出版販売の高木祐子社主には
感謝致しております
本当にありがとうございました

市野みち

著者略歴

市野みち（いちの・みち）

1944年1月生まれ

詩集　2006年『かくれんぼ』
　　　2008年『もっと遠くを』
　　　2013年『いのち』
　　　2016年『笑顔で』
　　　2018年『暖かい風が吹いて』

所属「マロニエ」同人

現住所　〒187-0041　東京都小平市美園町3-23-5

詩集　風《かぜ》は笑《わら》って

発　行　二〇二四年五月五日

著　者　市野みち
装　幀　直井和夫
発行者　高木祐子
発行所　土曜美術社出版販売
〒162-0813　東京都新宿区東五軒町三―一〇
電　話　〇三―五二二九―〇七三〇
ＦＡＸ　〇三―五二二九―〇七三二
振　替　〇〇一六〇―九―七五六九〇九
印刷・製本　モリモト印刷

ISBN978-4-8120-2832-2　C0092

© Ichino Michi 2024, Printed in Japan